# 鲸鱼破冰

文珍——著

北京出版集团公司
北京十月文艺出版社

# 自序：鱼的骨骼与流光度火

如果每首诗至少需要一个晚上完成——加上修改其实不止——那么这十来年，大概有几百个夜晚都献给了这些长短句。想起高中第一次写诗，忐忑地递给同桌看，却不敢承认那是自己的作品。时至今日这怯懦也并没有长进多少，即便写诗早于写小说许多年，我仍羞于当一名公开的诗人，一直不确定自己这些分行的句子，到底够不够格称之为“诗”。但竟然侥幸获得了出版的机会，在此要深深感谢十月文艺的韩敬群老师和我的责任编辑、自己同时也是一名出色青年诗人的江汀先生，以及其他若干知名不具的朋友们的鼓励。

诗与小说。这两种看似不可调和的文体，时常如雨雪冰雹交汇于心底，构成我生命不可或缺的两面。我总是对别人说，写不出小说的时候就（才）写诗。就好像诗歌于我只是一种写小说之余消磨光阴的不务正业。事实上，这说法也许仅仅出于对诗艺不够自信的某种自我保护。不论如何，小说和诗都是我真正喜欢的事，共同安放了许多有幸的光阴；甚至诗歌比小说所能容纳的，还要更多一些。

有一首去年的诗并未选入书中，但它的后半部分也许可以放在这里：

继续留意晚霞的色温差
鱼的骨骼，时间的暗
事物的生灭排列
爱有引力与热流体力学
理解截然不同的人和现实
同时学会原谅自己
就像星星必须习惯任何天气都待在那儿
很少的时候成为彗星
更少的时候有资格陨落

我的意思当然不是说自己是星星。即便是，也不过是一些气体、岩石和水共同构成的物理存在而已。想说的，无非是这个存在会继续如岩石一样笨拙缓慢地写下去。

还有一首写于2006年5月的短诗，在十三年后结集的此刻，送给我亲爱的友人们。

五月的槐花很香

雨水充足

和你漫游的那些清凉的夜晚

对我助益良多

文珍

2019.5.10—10.17

# 目录

## 巴西鸢尾　2015—2019

**孔雀与蜂鸟　2009—2014**

## 河马史诗 2003—2008

# 巴西鸢尾

2015—2019

## 乌鸦

师范大学东门进去
道边树立满黑色问号
“树并不知道自己是树，
而乌鸦不知自己是乌鸦。”

整条路都是灰白鸟粪
缩颈而过，藏在风帽里的迷惘
不安分年轻。让人想起某个
元宵节经过的长安街

众多缄口不语的信使
亦如此沉默地掠过红墙

刚赏完降旗的游客不知头顶

一万双羽翼正磅礴形成今夜

2015.1.10—11.27

## 我定有缺点

我定有缺点
定是古怪的人
定不能为多数人所知
定不能全获相识者的谅解
一切毋庸置疑，当然

但仍当对自己真实。当终身勤勉
当感激那因一知半解而喜欢的
容忍那永远无法走近的
忘记渴望被理解与爱
不再对陌生人表白

远离诗歌。写小说
反过来也一样
继续爱人及所栖居的世
死后便跃入银河
当一颗称职的尘埃

合上双目坠入那清凉黑暗
一有机会，就到宇宙中去
但胸腔中的灼热不允许。
另一个灵魂住在我里面

2015.2.5

## 一个良夜

“我没有朋友。”

从公交车站往回走的那一个小时他想

在这个空旷荒凉的春夜

他意识到生而为人的孤独

和路上偶然遇到的一只鸟没什么两样

它有时也和同伴一起站着

叽叽喳喳

但更多时候各飞各的

各自找食

各自寻欢

各自遇险

2015.3.14

## 开端与终结

1

一切肇始于异乡冰凉的雨夜。
为着想了解你的一生，周身热烫

睡不着。一生之中也许
有许许多多不眠之夜足以
用于恐惧或堕入幻象。但那晚
完全属于你。彻底完全

我将永远记得那夜
突然从黑暗中坐起
轻声对自己说

2

后来我猜想将从你身上得到的：

若干因爱与美而无用的句子

一小把玫瑰干枯后扬起的灰

洇湿书页又风干的泪痕

语词的三十三重梦境与

弥诺陶洛斯的迷宫

药石入酒不得不醉的夜

一个不存在的热情尾声

可看见的是雪亮近于全盲

得不到的是不想要的一切

2015.6.10

## 前夜

那个死于万圣节前夜的女孩
很难说在十月最后一刻断气
还是十一月第一个小时
这一晚到处鬼影幢幢
可怖的面具后传来半声轻笑
布制蝙蝠的翼扇动微暗的火
小房间里总计有十三个女巫
七个巴哈姆特。四个吸血鬼
两个不辨男女的幽灵在窗帘
背后接吻，手伸入对方袍中

大家走来走去寒暄的时间太长

所以并没人发现那美杜莎女郎
在绿丝绒沙发上独坐良久
面前放着大半杯血腥玛丽
紫色习惯，顶端安置一个小骷髅头
晚会开始前她曾宣布活不过今晚
后来他们才想起，她说时眼底流血
嘴唇枯焦。已预先练习当一个亡灵

没有比死在万圣节当晚更不孤单的
所有的鬼簇拥着它们的新皇后离开
留下那些内心狂乱的假扮幽灵者
收拾残局。她顺利出门并升上半空
晴夜的石像和贝希摩斯在树梢等待
已久。无头骑士提南瓜灯殷勤引路
大脚怪分开密林，木乃伊脸色苍白
而她终于接受了矮人的矿石，沿途
留下点点星燧作为复活之证据

下一年继续安享俗世的欢愉

彼此呼出吸入。欲求且落空

2015.10.31

# 你我之间

我们都读过太多书
有用的，没用的
我们都受困于限制视角的
这人生。独享欢愉也活该
受罪。以一己经验谬误地
判断他人，或者不

即便相爱也一样。即便曾结合得
紧密也一样。初冬的黄昏我午睡
醒来，想起你
孤独感便如黄叶摇落
未完成的醉意纷纷。已发生的

吻被遗忘于大风天
匆匆放弃的一切可能性
萎谢的蔷薇，早夭的蝉
一个戴帽的女人走过
随即掩面沉没于自身
风暴。而我们都袖手旁观

我猜想你很快乐，在我所不确定
的某日。我又收到你未寄出的信
听你说不出口的情话并梦
你从不曾梦见的脸孔。我的

2015.11.5

## 初雪之日

地面人们为初雪欢呼。在机场却
阻隔若干约会。该问问坏天气是否
有隐秘成因，雨水又无法擅做决断
遂结晶成无数六角形的迷宫

树梢上沉甸甸的眼泪。旧日幻境
城门洞开。昆明湖一片白茫茫
孤鸟衔着枯枝。拿不定主意
在新雪踏上浅印，或索性回巢

到处都是一样的荒凉。细小的草
未黄已落的叶。城里急匆匆的行人

偶尔抬眼看头顶交错的电车天线
站立几只低语的乌鸦：去南方。

而我闭眼就以为并立在北方的
渡轮上。旋落的叹息吻上海浪。像
极小的可能性，洞彻的微光。绝对黑暗
的水域中。一种事先被指认的沉没

2015.11.6

# 宝贝

这日大雾。我和你面对面站在甲板上
船在前行，灯塔靠近。却看不见
彼此。后来便接吻，含着冰凉雪意
落下的雨。深浅远近明暗冷热
容纳一切

氤氲的小火锅。心事将化未化
遥远颁奖，见面会，摇滚现场
每个人都与每个人不相干
但假装关切是容易的。小小空心
点过即忘

诸多读者提问中只有一个奇妙
“遇到对的人怎么办？”而我微笑，向
十几个陌生人，以及隐藏的你
“就是这样。”他们便为这当众羞涩
喝起彩来

来路隐于大雾茫茫。银杏枯黄道路
湿滑。回声止灭于书店
圆柱形玻璃城堡，窗外簌簌发抖的卫兵
店主轻声抱怨。客人则对凄风冷雨
暗自着迷

天气暗示黯淡前景但一直不曾真的
天亮。夜晚漫长。你在灯下独自工作
我合目看见雪中慢慢消失的路径
两行足迹。树的骨骼。纯白的夜

鹿在这明亮中醒来。睁开眼而你正说

宝贝。宝贝

2015.11.9

# 关于我们所爱吃的花生

关于花生，这秘密国度的
子民。这坚硬软弱伟大的
矛盾体。“要黑便给它黑。”
“到光明世界，它便不结果。”

一直往下伸，伸。深入
地底。表面繁茂绵延
不尽的梦。海底远山
水面大火。陌生强烈的爱

一行行啜饮蜜糖。黑暗催生
瘤疣，“那么它天生有病。”

但仲夏夜也会突然唱起歌来

唱那喑哑天真

那不可说出的一切。见光即死

那可譬喻而不可终止的坠落

2015.11.9

# 冬夜雨后

今日小雪。但未及落下就化成雨
因此不冷。因此穿薄长筒靴的姑娘
踢踢踏踏走在雨中。走进琴房
在一架斯坦威前坐下
走神的肖邦如常流出窗外

左邻严肃的胖男生吹圆号
克莱恩。或者M. J. 克拉塞夫
右边协奏钢琴与管弦，穆索尔斯基
当然。睡前不宜巴赫
但先用大提琴拉完小步舞曲

那许多张年轻而过早厌倦的脸
没人听他者进阶。最末一间却传来
异动。“一只蟑螂。”所有人遂释然
在这不再流行为蝴蝶尖叫的时代
我们反复操习过去的热病，至熟极而流
并时常模仿大师的肚子疼，与疯狂

2015.11.11

# 我们的大船在上升

“我们的大船在上升。”随之而来的
第一句。自千湖之省出发
经西陵、巫峡驶过瞿塘
四昼夜，终于升至
非此不能通过的彼岸，轻舟万重
“上升的一切必将汇合。”
这原是初遇时互相慰藉的虚空

是夜分处两地
我告诉你同舱的旅伴睡了
正独自在阳台看过闸
闸道内水位持续上升

大船遂浮起。到达指定高度
人字大门缓开，船滑入上层水道
末日应许之地，“像悖谬的天堂，
当在此刻拥抱。”几小时后你回复
那些大天使可以彼此嵌入对方的
身体。它们是透明的，没有性别

夜晚船行甚速。
两岸也不是完全的黑暗，途经众多不知名
亮光，航标和人家
若现的灯塔与水鬼
一同隐入暗中。肉身困于船舱
灵魂浮水一千公里，到黄浦江
万千可能奔流到此
而我们将在入海口错过

2015.11.20

# 被遗落在飞机上的语句

1

扑簌簌落下的不是雪
是你唇边尚未擦去的糖霜
最心慌的一刻，不是

军队开拔的前夕，不是大考将至
是在坏天气里等待飞机起飞
是一个人劈脸迎见他的命运

2

每一次我们都需要
重新辨认彼此
人群中秘密的爱者
而所余时间不多
分秒时辰，毫无希望
在两小时内吻你冻僵的额

3

每次相见都历经险阻。火车掉头
飞机误点，初雪倾城
因你而长久混乱的秩序

那些闪光时刻的语词。黯然耗损

像怠速的汽车。许多小方块楼群
脏白色机翼消失在灰的云国

下方大多数河流未结冰。曲折深细
于焦灼无益。坏天气却懂得坏恋爱
上帝白白用尽譬喻。然而

4

身体深处涌出炽烈岩浆
面庞却苍白
你的沉默也是一种赤手

云朵雪花在周天排列整齐
飓风降水均匀分布于世界
平流层之上雪擦亮的淡蓝

阳光乍现于茧层云背后
如银瓶破水
涌动又退下

而下方预报将有一场大雨
这次他思忖格外漫长
终于放弃审判。但哭起来

2015.11.6—12.21

## 那件事发生之后

她一度瘦到没有。
不再饱满的脸颊
失去结实的腰窝
丰盈的胶原蛋白以及
胸、臀、浑圆的小腿

只剩下锁骨与肋骨
遥相呼应
有时盆骨轻俏地一转身
也和尾椎骨一同加入这
咯吱作响的协奏曲

夜间她也不再做梦
一双手交叉环抱
后背凄艳的蝴蝶
梦里变成未及诞生的细小骨骼
蜷缩在夜的辽阔的盆腔

那件事发生之后
她的寡言变成意料中事
而一切身外物都在不断脱落
热情与好奇心，春之狂喜
秋日的餍饱与冬天的情欲

包括皮下脂肪和那随时涌上面颊
带来阵阵红晕的血液
后来她终于被遗忘
或者毋宁说
被彻底放弃

再发现她的时候

她住在空火柴匣子里面

和一小朵干枯的毋忘我一起

非常安宁。盖着空气的被

等待雨一样随时落下的火

但既然最后一根也已用掉

2015.12.25

## 在德令哈

无法忘记的，总是同一些看上去
毫不重要的细节。譬如你起身
烧喝的开水：永远只烧半壶。
这样最快，你说。而且，
能在变凉之前喝完。

车辆行驶在冻得结结实实的
二环路，彼此毫无干系
冷而强硬的冬日之光刺目
像冻僵了的人即将失去知觉
仍在冰面
急速滑行。

有时候你在床上抽烟，并随手
递我。我从来不告诉你我觉得
这坏习惯性感。偶尔从你杯中
啜饮小口咖啡，口不渴而好奇
主观意愿强烈

这是一次完整的恋爱，他们说。
好像这件事已然终结，好像
一件事必有结果。而你我
却仍站在无头无尾的时空里，
手拉手地，回暮色中的德令哈

2016.1.30

## 初一的诗

小塘。宜章。桃花。连州。
汝城。八百里由粤入湘
回乡必经之地。何人
一一备上旖旎。如同
早知此日省亲。

而我也是早早失掉故里的人
终点不过是上一辈的乡愁
一岁之凋。如天终将黑去
沉默奔波在各自路上
怀着隐约不耐。是游客
不是游子。辗复转

追寻一无所得。祖坟前
暗中细算回去上班的时间
回到更合身真切的
城市。日后埋骨之乡

你明日或将去另一个县城
在祖国的中部悄悄撕开
一个小口。回到童年
初识人世的地方。一念乍起
醉意便若惊马奔拥而至
但它同样无法被命名
未免有情。更多的
却是惊异与陌生

我想象你挤在众多面孔之中
操已不熟练的乡音，笑，敬烟
喝一两场酒。相互问不需回答的

问题。随即干净彻底地相忘

记住于彼此都无益

如同所有模糊确凿的分离

如同一切假装重要的时间

2016.2.8

## 春分之后

鹅黄，黛绿，粉白，桃红。
春天无限量供应你所渴望的虚空。

春阳下微微的薄汗，比汗更薄的
玻璃丝袜。明媚足以御寒的裙

春分的意思是，这一天之后
每个白天都比黑夜更长

也就是说合法做梦的黑夜变短
梦见你的白昼增加。计算春天的尺

是深夜的心脏律动。是睡不着也

醒不来。是想起你就觉得世界是新的

2016.3.22—4.1

## 鲸鱼破冰

是从哪年起和他重新恢复邦交
而今日，又踏出了历史性的一步
比如鲸鱼在冰上搁浅，而春日破冰
过年前我才想起加他为好友
并发了红包。他快而沉默地收下

我们十年来没说够一百句话。同一屋檐下
初中还打我，而我逃学。到离家最近的
郊区车站，看一下午。幻想远走高飞

又过一些年我上大学，开始恋爱
回家很晚。有一天他突然对她发怒：

小子不让我高兴，我也不会让他
我则对她说：今年春节就不回了吧
都避免与对方交锋。垂下眼

今日是他主动发信息。因为大雨
打不到车去舅舅家吃饭，
庆生变得狼狈。
——“她说这是她最不快乐
的生日。你打电话了吗。”
“打了。”
“哭诉了吗。”“没有。”
他主动换了个话题：
你表妹的孩子真的好乖

我后来说睡吧。他说晚安。
这天我们说了二十句话
十年来的五分之一

剩下没有几个十年了，我和他

此后余生还会突然聊起天来么
说说共同爱过和伤害过的
这些年对彼此的看法，或者
什么也不说，就是开几句玩笑

想到这里我就打开了他的朋友圈。
只有孤零零的一条，发于一年前的今日
是我入围某个文学奖的新闻
无人点赞。没有任何共同朋友
因为他是我的父亲。

2016.3.23

## 这一天我不再为你写诗

——给Z

这一天我不再为你写诗。没有桃花
纷纷如眼泪抛洒在字间。没有珍珠
断线，“你离开后却散落四周”。
没有枕头安睡，但依旧动魄惊心
但可以为别人。为另一个同样温和的
男人。声音和你一样低沉沙哑，像
一些黄金的沙。抽烟出神的样子动人
兼有男孩子的认真与瘦，成年的害羞
随时随地都会大笑，又有显见的
脆弱，骨子里的骄傲，像你
正因为，那些四月我才痛哭

失去你们哪一个我都是会哭的。但
会哭多久呢。至少第十三个年头
我便不再落泪。只平静地看着网上
铺天盖地的悼念，仿佛早与我无关
你们于我的好处都是无法言说
像花和叶共守的秘密。像黑巧克力
隐匿的甜。像机器人在一个寻常早上
突然宣布自己有了心
随即一如既往笨拙地走开
来不及反应。来不及说出更多

存在过的永远都在。爱过的不会离开
而错过的将只有那些无所事事的春天
在白海棠下喝茶，听凉风有信，再去看
梅兰芳墓前的丁香。被损毁的旧唱片
在碟机里咝咝空转，像胃酸倒流然而

得到许多爱的你。最美的那帧画面
你侧躺着抽烟，而身后黎耀辉
望着你背影无法自控地笑。像任何一个
在爱中的人。像我。
另一些时候的我，想牵着另一双手
头也不回地离开。该对谁说让我们
从头来过呢。何处是错误开始的地方
一样慌乱的四月，迷途的花。

2016.4.1

# 一些时候比另一些时候更加真实

1

一年后我又重回此地。
古老的香道，一阶一金
道旁杏开如绣，桃垂如目
漫山遍野都是昨天。

连天气都仿佛。同样晴好午后
迷途中偶至。只是多了一山游客
换你一个。打破只有彼此的结界
一山寞寞。桃胶并来不及流出

瞻云妙的石头还在。两个小女孩

背靠问答如谶。花盛只得三两日
墙桥终会倾圮。你说停就停。
我则低头注视，泉水疾涌的中心。

2

北京最好的季节来得这样快。
连泡桐都已盛放，更别说
那些更轻盈美丽一点的花儿
然而我是很伤心的：来得快
去得也快

仿佛一直在等谁说：就这样吧。
春天过去了。星星变成旧的火了
你不再爱我了。一只靴子沉重地
落下了。另一只里面长出绿的手
开小白花

总会一步步走至进退维谷之境

一个人。一个病人

一个总安静地等你醒来的人

一个怕一生太过漫长的人

一个在爱中因而陷身牢笼的人

2016.4.3—4.4

## 乘桴浮于海：关于猫与海浪的十四行诗

很好的某个清晨。我的猫
像鸽子一样轻声持续咕噜
教人温暖。仿佛会陪我
直至末日审判

另一个糟糕午后。我独自乘船
穿过大海。远处不相干的群山
暗示一生都可能会如此孤独而
靠着舷栏的人观看结局般

俯身凝视海浪。失望与之共同
抛诸脑后。事物如天气随时变化

剧烈或缓慢。水面被击碎，穿透

再重新组合。我们却总忽略
这显见的一切。以为一直跟随
我们的浪花，是同一朵。

2016.4.18

## 最近在海底思量的事

当我赤足漫步在大西洋底
穿过巴拿马运河，感受
太平洋之下温暖的潮汐
而你总在说：走白令海峡
去北冰洋。

熊在阳光照耀的浮冰上
等我。从冰冷中缓缓上浮
万千鱼群从身边经过
目标明确而坚定。这美
冷漠庞大如生活本身

头顶是一整座海的冰汽水
遥远隔世的有你的大陆
而我上升。大口喘息幻象
天空如镜低悬而永不能落下

2016.5.15

# 奥德赛的海上仲夏夜之梦

1

一个非常难堪的夜晚
世界真实的重量向他压来
言语和他人的地狱再次
层层塌毁。如浪打沉船

听自己的传闻像听另一个人
来路不明的恶意如蜂尸堆积
但不要惧怕那些毒刺
它们从出生第一天就已死了
而处于飓风中心的奥德修斯

在深夜的漩涡的确静了一刻
掩耳不听礁石上女妖的歌子
奋力向归程划去
他知道还有很远的路要赶
他多么渴望天亮见到所爱

2

骄横者当然并不十分坏
受尽折磨也不见得多么好
太强或太弱的必多领受责难
像赶夜路多了终会见鬼
所有这些警句都不成立
虽足以慰藉部分灵魂
然而只是活下去的借口
唯一原因只是偶然
而偶然降临此身

像任何难以承受的事
提醒他人苦难都是真的

而上天制造敏感的灵魂
原意并不为了轻轻捏碎
深夜一个未谋面的朋友说：
“南方的倔强，宁可全城尽毁
也要抵抗到底。”便空自沸腾起来
不怕燃烧殆尽。灰烬中心
是一滴黄金眼泪
是可同时拉伸至危薄，
又意想不到的韧

3

那个小孩子
赤足站在金色的网边

静静俯身下去

听中心一只蝴蝶的叹气

她整个心因痛楚皱缩起来

像一只坏苹果

但是不走

陪它疼与做梦

又一起踮脚悄悄离开

不惊动命运的钩织者

也不惊醒不相干的闲

他们不免非常快乐

像任何荒谬之地的逃兵

2016.7.16

# 此地关于天气的诗三首

1

上午十点半。这座以日光为名的城市
还没有想好今天要不要天晴
但富含水汽的风催生了饱满的新棉花
一大蓬一大蓬洁白从深蓝里绽出
布宫上空遂延绵成一片纺织工厂

中午在小昭寺门口。骄阳瞅准时机
在半成品间倾倒下来。远山退成背景
黯然失色。地面又有了心事的阴影
一大片未命名的乌云慢慢移向此地

它感到不那么快乐。又说不出理由

傍晚的拉萨河畔。广场上正跳锅庄舞
来自喜马拉雅山脉南麓的尘埃
每一颗都穿上泪珠，太沉导致断了线
天空绷了一整天的情绪终于失控。
会一直轻声哭泣一夜。白天再若无其事

2

每年夏天这儿的狗都会变胖
而每个人都像在打量
这城里所有低头扬眉的外人
高原阳光打在晒黑面庞上
笑容不免苍凉而有浅深
没有过去也像有过去了

穿藏袍的女子低头走在阴影里

老人孩子的脸隐在暗中
偶尔笑出一口白牙
大家都无所事事地坐着，喝甜茶
等待特别的事发生

一只秃鹫从色拉寺上空飞过去了
一大车新游客又在八廓街外倾倒下来
这是每年夏天必然发生的收割
连街上的狗在七八月都比其他季节更肥
有更多的骨头，笑声，艳遇可供饱食

但是谁也不真的走进谁的世界里
那位在此地待了二十年的香港人
在自家餐馆漠然看着门外的雨
照常落在汹涌的拉萨河。
Wi-Fi密码是八个八。
和大多数本地餐馆一样

3

那些信里我没有说的事：
左边鼻腔一直在轻微出血
不太多。有时会突然窒息
特别是早上醒来，或上下楼
就算是每晚下雨的七月末
这里的空气也过于干燥

远山像个宽容的主人，看
那渺小任性的过客一直忙碌着
烧一壶八十度的水泡绿茶
跪着一寸寸擦房间里的地
把脚悬在窗台外吃一碗方便面
仰面躺在羊毛地毯上唱歌

而外面天空是鸽子眼底的黯与静
是涂抹不均纯度很高的靛蓝
是一种黑同时也是一种盲
是看久了便担心整面湖水向头顶泻下
透明阳光像湖底嗡嗡作响的蜂群

直到入夜她也未曾离开那堡垒。
最微小的声息也得以在空中来回寂荡
黑暗中一只飞蛾吻了眼皮一下
醒来鼻血染红枕巾，像一个日常的
烈士。复活后安宁地撕开一包饼干

2016.7.24

## 我认识它，那只最大的苍蝇

1

也许是喝绿茶让我想起你来，
我现在已经不太相信纯粹的事情了。

2

“她听说希腊石像生癌以后想：
现在海枯石烂也很快。”

3

那只苍蝇低低地在房间里飞着，
一圈一圈。
它也有想不通的问题吗，
这房间就是它逃不出去的牢笼
而它只是轻轻地嗡哼着，
像吟唱任何生命里无意义的谣曲。

2016.8.19—8.26

## 玻璃房桃林光

一整天都感到口渴
像失群的椋鸟
独脚立在海面的浮木上
像深夜的美术馆
无人可诉说看到的一切
一切还没有完全结束
临别之泪已纷纷而落
像这夏天最后一朵大人花
像遥远地方每晚都下的雨

八月底一个寻常夏秋之交
没有晚霞。湖水终将填平

五十年后依旧没有一丝风
他必须在完全的焦灼中写诗
而这等待也将是疼痛难耐的

是临刑前最后一支烟
是从内里一点点掏出热情来
是白雾缭绕的尼古丁
终消散在无用残骸上

“虚空里有一座玻璃房
房子外面桃林里的光
葡萄架下憩着胖花猫
两个小人儿平躺在水晶床
闭上眼睛他们就睡觉
一觉醒来人生已过完”

2016.8.23

## 我不

你还在身边而我不能睡的时候
白天一起看过的山川大地就独自涌上心头
集市上匆匆邂逅的陌生人
会否记得达玛节上这古怪的一对
穿着藏袍手持转经筒的他们
并不比漠不关心的世界的另一侧
离我们更遥远

但我不害怕言语不通的他者
只恐惧回到大城。回到过于聪明的
人们当中。重跌入不解与愤怒
更怕彼此之间已发生未发生的争执

一点点腐蚀掉爱与温柔

在这空气稀薄常见虹霓的异乡
我想紧紧抓住你的手
对每一个陌生人无保留地微笑
世界并非可匿身的洞穴
而有人曾是怕见光的蝙蝠
并肩低飞过尘土飞扬的大地

有时离散。有时误伤
有时一束强光导致短时间的盲
而他人的噪音仍让彼此渐渐聚拢
这迷路的。轻轻拍打过边界的翅

2016.8.26

## 秘密车厢

1

有时候可以密密缝藏。
有时又反复灼烫燎伤。
我说的是一切
不全是你

但我何其怀念那个正在远离的秋
而恐惧这即将到来的
蓝的空的冷的天。高挑着一点柿子红
眼酸所以心亮。一人低头走在女墙下
试图踩住自己的影子

一团看不到头的阴翳中
任何结局会提早抵达么
而永恒其实只有一种
那众所周知的

细小的叶静静覆盖于路边，未及
黄透便落下。被碾成两半的蚯蚓
已死般蜷缩在土壤表面。房间里
互不交错的目光。一个似乎永
不会天明的夜。月亮在窗帘背后
佯装冷静聪慧体察一切。

2

突然间到处都是鸽子
广场上，房间里，你心不在焉的微笑中

到处都是这种饱食终日的，丰满的
不安的鸟儿。熟悉的喙轻轻地啄着我空的手心
所要做的，就是一直爱下去
将空洞吃下去。咕咕叫着
很充实地表达不满。
不要飞。

3

我们中间隔了整整一个八号车。
这数字自开自合圆满如同一生。

窗外是连绵雪山。草原和镜湖
一闪而过叫不出名字的鹿或羚
永远没有机会认识的陌生人
和永远没机会知道的陌生难题

邻座没听清的耳语，像人世间
最重大的秘密一去不回。秘密
萍水相逢，在水面轻点一点头
彼此示意。“结果她们算命时
纷纷哭起来。没一个真正作准。
但还是要哭。”
这很像预演某种更长久的别离
但你并不用担忧什么
她们早演算过了，所有人
她们也早替自己哭过了
也替我们。

我们中间隔了整整一个八号车。
一个车厢一百零八个人。——

2016.8.8—9.30

## 两种情感

这是两种截然不同的情感
但通常被笼统地称为爱
竹蜻蜓的单纯欢乐是真的
纸箱子的漂浮软沉也是真的
无法被原谅的是那同一个
始终分不清楚爱与怜悯的人

四年后重新走在这条路上
同路者面目已非
达坂城的风车兀自在荒原空转
就像中间的一千多天全不作数
就像我依然爱你，只爱你一个

至死不渝。

广阔的塔什库尔干沙漠

雪山。戈壁。胡杨林

和正轻轻绽开骨朵的新棉花

大洪水过后的南疆腹地

龟裂和渴望像真实一样无所遁形

间或有更大的沟壑。尚未袭至的悲哀

永远无法弥补的罪薮。

同一条路，我和另一些人

若无其事地说着话。而暗疾

轻车熟路地归来。问题并未解决

轮在沙中越陷越深。前进不得

也后退不能。

“那是我一生中最幸福的时刻，

但我并不知道。”

2016.10.1

# 旅行

那芥子一样细小的旅行者。
那坐在楼梯上无助等待的
那我梦见永远不能得到的

很胖的小手和小脚。肉窝与笑

帘子后面无能为力的成年男女
远在天边的仿佛不相干者
关切一个梦
乘坐最偶然的一粒尘埃而来
一颗种子
在火星的乌托邦平原上发芽

那么多万亿年前凝固的冰
曾经都是奔涌而来的春水
所有的可能性仿佛都还在
一切的言语都不能够形容

是什么横亘于每种关系之间
进退两难

2016.11.24

# 十二月诗行

## 之一：永远

午夜时分穿戴整齐
端坐桌前等待尚且遥远的睡意
等待的空隙可以静静喝一杯酒
在客厅。日光灯下。
但醉意无法自行说出并消释
正如他们一直没有真正在一起

脆薄的话语抛向永恒坚固的沉默
所有人都分头匆匆走过冬天的小花园
喑哑荒凉如任何地方

凌晨的音乐学院
怪兽蛰伏于庞大阴影中的建筑工地
曲线玲珑的乐器和姑娘此刻都睡着了
眼睛很黑的维吾尔族男孩梦见他的新吉他

不断排演深情是很累的
不断练习别离也是
但轻轻地握一握手就还好
在疾驰过零时零分的计程车上
不知黑暗的终点和起点
他们被假定永远站在舞台上
当某一天目不转睛地看向彼此

## 之二：凌晨四点之前

1

在什锦花园胡同和隆福寺街之间
某条同样代表物质极大富足的旧巷
从冬历夏。花坛插满灰扑扑的塑料花
在这个处处光鲜而不能忍受荒芜真相的
合唱世代。在这个追求永恒而加速崩朽的
回声会场。

2

然而你皱眉说这里很像墓地。那么
你常常去墓地吗。为什么
那些在坟前摆放假花和烧纸钱的人们

在他者死后继续过量供应幻觉。

一年一度

“只有会衰老、流逝、消亡的事物才美丽。”
“至少美丽过。非常美而脆弱地。”
“话语的意义就在于说出之后死无对证。”
“爱的珍贵就在于不会一直都在。”

3

她心里不是不知道一切
却假装自己还非常年轻
她习惯在午夜不睡。找那些命定属于自己
而散落虚空的句子。那些
不说出就不存在的故事。
喝过的一小口酒两小时之后继续对酒精过敏者
发生效用。随时可以呕吐。无法消化也不

稀释

太多了也太具体。

太痛苦了也太不必要。

这些并非合法的感情。这些疼缩的背影

这些空气中凭空消散的烟雾

这些伴随欢乐而生的痛苦

这些痉挛战栗狂喜的后遗症

无从判断值得或不值得的温柔

4

一先一后而去。极少时候肩并肩

在属于乌鸦的夜晚。在红墙下。在人群中

在骄傲和卑微交替发作的边界

在自我恋和肝脑涂地的冲动间

在一池热水慢慢放凉的过程里

从一个梦，悄然滑行到另一个不相干的梦

陌生城市黄昏的溜冰场。十几年前的搭讪
在异地斯时持续上演。新鲜邂逅与希望交错
一切多么美。春天桃树被四月的风割破
伤口的眼泪是淡红色的琥珀
蜜糖从不结冰。因此也从不半途而废

## 之三：一日

后来才想母亲在我这年纪上
大抵也有过许多困穷之日
引幼年的我去抚平眉心川字
不断重复的弱者之爱
然而她至少因而短暂微笑了
再重投身入滚轮冰炭之中

而今我疾驰在夜晚的大霾里
无法想，无处去。四面楚歌

一双小手便破空而来
冰凉，细巧，体察并慰抚一切
而安乐仍匿于我们都不知的某处
一如那我尚不识的手的主人

但来日大旱如何忍心
你若皱眉又何以抚平
辎车细细碾碎筋骨尘土眼泪
已来这世上的自承担苦役
未及降生的安心领受福祉
事先张扬的大风吹得散霾雾
吹不散眉弯
查拉图阿思琅如是想

2016.12.2—12.22

# 平安夜前夕

1

一栋我无法形容的房子：
像佩小姐的城堡或未竣工的博物馆
是阳光下甜美可口的噩梦
醒后所有人都已消失或正待涌入

2

花从温室来到零下五度的室外
又被送进三十度的房间

半小时内历经四季、颠沛与离别
然而只是冷淡美丽地挺直脖颈

3

那个胡同里向我径直骑来的中年人
夜晚整理照片时才突然被发现
正如一件事情的真正意义
多年后也才偶尔缓慢显影

2016.12.24

# 在合肥火车站看到的妇女

那位穿黑色太空棉服的妇女
多年前的旧款成为工服
站在车站玻璃门内，双腿交替
一直带着微笑。
今天合肥清冷
和北京差不多
冬天哪里都差不多
差不多的臃肿，僵硬，瑟缩
自以为单薄却实际狼伉
无数笨重可怜的天气靶子
脸孔藏在围巾后和帽底
仍遭受寒意狙击

也许正因为此
她那点喜气洋洋的安详
才教人震动
而全不自知。无数抵达或将行的人
进出她的视线并未化作石像，
他们继续排队，买票，或仅仅踟蹰
需求的强烈一一打碎在她的笑容中
而她看起来对一切了如指掌。
少顷她突然开始扫地。

2017.1.16

## 很多很多年轻的光

很多很多年轻的光涌满旧的巷。
小龟一直逃不出男孩的黑眼睛
刚刚和远方的姑娘谈起一只橘猫
它就跃出意念快步穿过胡同

捕食昆虫的琉璃灯罩也捕捉白日梦
多肉开很小的花，但更香
“是的，我家有一床这样的被子，
但晒不到这样的太阳。”
出入平安的宅院深处是车站，
或教堂。
上午刚刚签收的空气凤梨

和下午被吃掉的新鲜凤梨是朋友

事物总成双成对出现如巧合

其实只全没有心地静静沐在日头里

如此的春天。

如此的春天。

2017.3.9

# 三月有晚霞的最后一天

那个在红绿灯路口佝偻着身子的男人
夕阳下侧面和最高建筑剪影一样伟岸
菜市口暗地里张灯结彩
仿佛又即将迎来一次古代的行刑

长安街空旷反光如冬日的溜冰场
那远远近近宏大古怪的尖顶们
冷峭神色和三月最后一天的温暖不符
但它们头碰头地开过会后；屈服了。
夕阳中暂且与广场游客们一起露齿
微笑着

远山缀着的云朵很像饥饿的狮子
镶着美丽金边。另一些通体发亮
像神话中突然降临的马车。许许多多
无法形容的绯红、烟紫、湖水蓝和蛋壳青
构成半幅超现实主义的杰作

地面的一半则属于批判现实主义：
此刻的北京城正结结实实地堵着车，
红色尾灯连成一片如星河闪耀
又像出问题的机器人，故障灯
一一亮起。

天无可逆转地暗下去。长安街恢复庄重
自粉色棉花糖和动物园的梦境中醒来。
并没有狮子和失去心的机器人。只有大批乌鸦
低低飞过红墙。只有窃窃私议声
自每个黑暗的角落响起

如一阵无名目的风拂过黄昏的大湖
与河海

只有多萝西仍逗留在昼与夜交替的迷林中
久久无法从龙卷风席卷房屋的阴影中走出
很晚了
她还坐在一朵早已消失轮廓的小云下
那朵曾经看上去最蓬松，最轻盈，最俏皮，
也饱含最多眼泪的。

2017.4.1

## Fierce

这件事情最坏的部分是我不曾忘记。
这件事情最好的部分是我不曾忘记。

也许这样的认真决绝是让人厌倦的
但总有一些痛苦比欢乐的车辙更深
那些显而易见的残酷，误读和冷漠
那表层之下压抑已久的愤怒与追问
那迟迟不能出口的指责。种种桩桩
不能置信、无法理解、根本不值得。

纤弱而不堪一击的美就这样一点点
损耗。巨大失望，总在巨大的信任

之后发生。到底有无确切无疑之事
我是说，比如原则。清坚决绝

后来便永不相见。
朋友的沉默葬送一切曾有的可能：那么便不是朋友
瘟疫蔓延。一次伤害造成无穷后果
悔恨于事无补倘若个体终究相异
别离注定发生。“不可过分理想主义！”
但首先要证明过去现在未来一切
全体谬误。爱，同情，友谊。
或仅仅只是“知道”。毫无慈悲可言
一个人真正认识另一个人并知哀矜
竟比骆驼穿过针眼更难。

而一个聪明人活着只是为了
证明另一个聪明人的愚蠢。爱为了去恨
一生是绝大错误的总成。相遇略小于

毁灭，同样也是错的。

倘若没有希望那也就不会失望。
最平淡无奇的开始与终结
仍然是从地铁站往回走的路上
仍然是没有朋友的一个良夜
骑车穿行过人世黑暗凉爽的风
像回到最初从未怀疑的时刻

2017.5.27—7.16

## 叙事诗

你是女人，因此你有原罪。
你追求美的动机恒被误读。
旁人设定你有捷径抵达乐园
在鸽子与鲜花围绕中畅饮美酒
不知你常手足并用于粗粝戈壁
比他人更缓慢。慢许多。
骄阳下质疑如夏夜蛙声起伏
是通往荣耀之路的大丛荆棘
而不得不当作珍馐费力吞食

你听到一些声音。设法保持沉默
你推开路障。在沙漠中奋力划行

更重和更困难的。更灼热也更痛
习惯了就也活下去。当一日发现
终于跋涉至绿洲。这时你已老去
不再需要为脆弱暗自羞愧
但内心深处那小女孩子竟还在
临终唯一念头，是吃一口冰淇淋
沁凉清甜，不被珍视的柔情融化
他们和她们欠你的。你同意付出
而不被需要的，大量闲置的可能
被命名为无用的。女性化的一切

充满敌意的陌生全体目送你离开
“她不过一个女人。现在她死了。”
在遗忘的彼岸，死很久。灵魂是
玻璃球一样轻微变形的绿色结晶体
渴望休憩的一生在开水中

2017.5.16—7.12

# 在但丁开始漫游的年纪

在但丁开始漫游的年纪遇见你们
有一点点惊奇；有许许多多愉快。
检视半生所得：所失亦所得。
毁坏打破自己又耐心修补。同类
错误一犯再犯。大体是惶恐多于
快乐。并不配如此之多爱与友情
若干信任，眼泪，欢乐与痛饮。
何其有幸又何其悲哀。路有惊慌
杏树开破裂的花。蚱蜢压断银链
在毫无喜乐的日子尚未到来之前
在无人空旷的长街上行且歌
沉思而强韧地活，如初老的芦苇

大步走过如一阵生出眼睛的疾风
如何毫无愧色地对世人温柔
如何保全内心做真正的幸存者
如何漫游如何发现
如何命名
如何以沉默表达以目盲看见
如何成为一个真正的人
如何变作承载雨水的空罐
练习说出一切并听到心如银币
纷纷坠地每一块都足够清脆沉重。
在空气中陈旧。不耀目但持久
很慢。屈身推磨低头往来
日子如麦粉高扬低坠。饥饱之间
昼与夜决然分野。炼狱直落地狱
天堂难以具体，但阶梯恒在意念之中
街门关闭，又重为无希望的爱者打开。

是后半生。谢前半生

不必祷辞祝以快乐，好与坏都必定发生。
但同时做好丰盛和衰败的准备——
是的它们总是发生在同一时间。
手心翻转。命运线消失
每一颗星星都是初生。重新认识你
我的朋友。你好

2017.7.16

## 另一首即事诗

此刻倦极而不能睡
犹如开口却忘了说
台下年轻陌生的眼神们
正踮起脚张望一个早逝者的生平
那以狂喜指向时代的怀疑客
童年和青春期画面的强变形
铸在白纸黑字上生锈了的爱
太过活跃的，不讨喜的未亡人
更多可信，不可信的口述史

人死如灯，被他人拉灭
但这个夜晚仍旧是美好的

一些人坐在此谈论一个人
假定他一直设法活得强健，丰富
理解力一流，有趣且真实。
不可预料的某艾略特式四月
属于个人的终止音奏响
留下的席间空位将很快有人坐下
换上新的碗碟
不必再提的逻辑学：死亡原本毫无逻辑。
生者继续轻浮。互相鄙夷和装假
同时陷入更深的困惑
当中是一样无望的读者们：台上和台下
大家都有点打不起精神来：这个新四月
某处正有我们所不知的，新死亡和新浪费
错付了的爱。不合衬却被一再重提的热情
却再没有这样一个笨拙温柔的大个子
别扭地支棱在天地之间。
如王二摇摇晃晃

哪里都不需要他；除了死后
比如这样一间小小的夜间书店
若干问题滑到嘴边
转瞬即忘的人们
生如此阔绰但死：死几乎就是所有
一部分的他被迫活在字词和八卦里
但他不再知道。不再想知道
另一部分则大步踏行在黑暗里
天空向上生长。水怪在唱歌
半明半暗的云很软
有人和他说话
他笑得像个傻瓜

2018.4.9

# 新手

1

桌上的火焰。黄昏的大雨
绵延许多公里的月季花：
有很短的一段路，是非常淡的粉
像提前被水稀释的胭脂。
另一边，则是长得很高的花墙。
总有一些生命的样态
是市政园林无法规定的。
这一切
一个水彩的新手饶有兴味地观看着

2

一个好人的一天
不应当说太多话。
大部分言语都是无效的
不该轻信任何人
并不因为自以为好
就值得被爱。更难的是了解
不应当太热情地横冲直撞
醒悟后又沮丧得过于久
不可对自己放弃怀疑
不应当感同身受
导致温度忽高忽低
变压器易坏：
它太便宜。这不好

3

芥川龙之介早就写过了：
“人生还不如波德莱尔的一行诗。”
当时他是在书店里。多么好
却绝望得像个失败的创世主
毁灭所有不义才是应当的。
世道不会变好了南京的基督如是想
但真的动手制造大洪水他又懒得
鸽子拒绝衔着橄榄枝低空飞
它们咕咕叫着接吻。有多么爱
就有多少恨。怒气如息壤随生
不良善的人。撒谎者。爱自己太多的
八百万种目盲。时刻都面临生死抉择
时间漠漠然在街市间流逝着。
受伤害的人在暗中哭。哭那伤人者

永恒的敌手走向我，最后只隔镜子

但就这样仍勉力相信着。郁郁地
既然一树一树的花还肯在这春天开
事情还没有变得完全坏。我们想

2018.4.11—5.16

## 距离

世界寒冷而抑郁而干燥
你呢。你清白而愉快而遥远地
躺在你那张小且窄的睡床上
而全世界的孤寂都向我倾倒过来。
“谁可以成为谁的审判者呢”
这样不毛的荒年，为什么还要
玩这样拗口的文字游戏啊

美且友善的你站在旧门廊内
经年未见。差一点我们就拥抱了彼此
但在这熟悉的院子里
意念中的热烈并没有发生

中间有不可逾越的一道鸿沟
你最终消失在黄昏冬日的十字路口

我目送你
对面只开一季的栗子店
又在排很长的队。十年了这个世界
从来没改变过。但我已走了很远了
离当时的我整整二十五个银河系

2018.12.28

# 巴西鸢尾及春天其他

1

一种花期像逃命一样短暂的植物：
每年只开一季，每朵通常只开一天
旋开旋闭。第二朵遥遥无期
幸运时会开整月。
或许一天
但不管怎样它的叶子美丽
尤其阴天，雨将落未落的清晨
看不见的鸟儿在屋檐下啁啾
如晴有时。雨有时

蓝色鸢尾的花语是宿命中的游离

易破碎的激情

白色鸢尾则象征纯真

巴西鸢尾介于两者之间

“没有消息就是好的消息”

“我十分之想念你”

这是一封投递后不必再回的信

因爱有时。不爱有时。

她流下任何一滴眼泪时

花朵都可能盛开

就像恋情降临一样猝不及防

几小时后又悄悄向内卷合

沙漠植物渴望自保的本能

与爱的积习一样根深蒂固

无论曾经付出多少相信

移栽到任何地方

2

那些轻易来到我们身边的
或许也会更轻易地离开
而那些费尽力气才靠近彼此的
也会消失得慢一点
此刻我在北大东门漫天的柳絮中
等待一个认识很久的姑娘
一个旧句子唤出更多

街巷入夜就地沉入黑暗
劳作的人们在地铁口进出
目光并不为拉着手的情侣逗留
巨大的城里两只相爱的甲虫

轻轻坐在桃树受伤的枝上

闻见博物馆外蜡梅的香气
又从美术馆窗口凝望十二月的雾霾
那么多的。沉默的瞬间
那么多仿佛不必的眼泪和欢笑
是的我在城北的地铁站口
等你从另一座城的高铁站台抽完烟
像星座一样上升
像彗星一样划过

应许之地和别人的爱。
但每个人都只秉信自己
的所见与所得
亲自投入滚烫冰凉的人生
演出无有脚本的荒诞剧
幕间休息太长。灯一刹那全亮了
有人刚睡醒，茫然地起身离开

3

一些时候强烈地感到寂寞
必须习惯。后半程是不断失去
白天睡太多或太少，晚上都理应失眠
单行道就是这样
但也有更多微妙的瞬间
比方说
他并没有那么尊重我
我也一直并不够喜欢她

忘记关窗了：远处八达岭高速的车声
时间是凌晨两点三十一分二十五秒
货车司机打了一秒钟瞌睡
友好的星星打了个寒噤

我希望踏实地付出热爱
拥有稳定和长久的关系
其实这是懒人的情感管理
而这个春天却走散了很多朋友
死去的。和活着的

为什么要这么敏感呢?
好的天线常常更快失灵
花洒的水不是太热
就是太凉
但好在已经不能真的伤害谁了
花朵从高处一跃而下

2019.4.24—5.5

# 孔雀与蜂鸟

2009—2014

# 广场上

暮色四合

我独自留在广场上

四面都是高墙

眼泪和碎玻璃碴一起簌簌滚落在地

天要黑了

迷宫出口被打开

又关上

周遭越来越暗

起风了

大鸟最后一刻扑棱着翅膀离开

高天有细长瓶颈

大网正缓慢收拢

黑暗中有人叹了口气

2009.7.27

# 女戏子

涂鸦几笔，再关掉。春天里
有许多日子适合写诗，比如
阴天；比如大风。阳光明媚
可赞美的北方的碧桃，而雨水
则带来冰雹和芍药
你的才华在那个熟悉的园子
睡着而我的沉默于此处
重新打开。写一些迅速的字
缅怀多年前那动荡的四月；
五月便泪水涟涟。穿一双
湿透的人字拖，走在雨水里
快到万柳时给你信息。

你便出来，在路灯下迢远地笑
我心实喜。

还有一些夜晚我们在楼下漫游，
你一把将我抱起。有力地。
用力地。断片残章俱往。
和你所早早认知的一样：我原本
就是善于自欺的女戏子

2009.11.27

# 孔雀与蜂鸟

骄傲如孔雀，同时又软弱如蜂鸟。
昂首阔步地走，风暴袭来
便在大风里摇摇晃晃。
“你是如此细小却又如此傲慢。”
“我只是没办法折断我的灵魂，
让它变成一根会唱歌的芦苇。”
“我不唱歌，请让我哑掉吧！”
“哑哑的。感到无以言表的快乐。”
“太快乐了，我简直说不出话。”

2010.5.5

# 闷

闷得用骨头打鼓。打鼓，打鼓
敲打最下面的一根肋骨
锁骨暗自交叉，像声叹气
肩胛骨明显；我想象那如蝶翼微张
有风吹来，便起舞

我自翩跹，你看
这闷恹空气里有沉甸甸的黄金
堵住我的口鼻
无欢
无欢
你就这样离开了我吗

我受命寻你如同寻我

镜子中的脸容微变

像声咳嗽。你说这不是才华

只不过是活不下去

2010.8.25

## 一个上班的寻常午后

充满倦意，以及困顿的安全距离
仿佛随时可以去死，或长眠不醒
——好吧并没有人当真需要你。
我是说，需要我。
也许更多的是货真价实的挫败感。我坐在
初冬萎靡的植物边，默默操作一把指甲钳。
——这是一个多么不容易
满意起来的人，尤其在这样一个阴天
将雨未雨

我们在空荡的二楼喝咖啡。你永恒的拿铁而我
永远的淡可可，面对面。所有的隐秘都随身携带

而全不相干的话题流将出来，这滔滔的距离
让我遂寂寞了。——未出口的语句即被遗忘，
刚伸出手的暖意凝结在空气里，你看
看吧

做什么都不乐意；哪怕喝一杯茶沉闷致死。
加糖加奶；也不是要发狂，就是不认得彼此。
百般情绪觅不得出口，恰如你在手边
我眼睁睁见你沉没到底。幻灭从来是各顾各
——而这一刻我就算在你面前死掉
众人的巴别塔已经很高了，语言流离闪躲，但
还可以更不相干一点。更淡漠，也更卑微一点
更决绝，也更放肆一点。更寂寞，也更好一点
更酷，更狂热，或更坏
更无望一点
你装作若有所思，我装作不知所语。
这时我发现对你的种种

也不过是裹着戏服的幻觉，很妙，微咸
而无意义
像埋在沙地里的骨

2010.11.10

## 过客酒吧

——给jeosude

你看见了吗，窗外那位

戴红围巾穿皮衣的先生

干吗穿那么少

整个南锣鼓巷都为他耸着的肩打了个哆嗦

房屋起了八九种震动

文宇没卖完的奶酪在柜台里就破碎了

冻得比平时更硬的街道

石头含着不怀好意的霜

矗矗走过一些高跟鞋子

雪地靴则像笨重的猫

另一些，是薄如草纸的皮鞋和运动鞋
鞋主在风里露出脚指头一样凉的牙齿
但他们仍焦躁不安地张望着
反复跺着脚

在完全不暖和的酒吧内
默默翻看一本明星八卦
对面来自港岛的你在读LP——
间或抬起脸来，交换微笑
对亲密关系无法更进一步的恐慌
你知道的，我在说什么

这个冬天我进一步认识到自己的局限性
迷不完的路。言语表达不好，耐性奇差
连当地陪都无可称道
只是想让你明白。你明白
下午三点半

窗外一角微明的蓝天

云像凝固了的棉花糖

未完成的温情被风吹断在树枝里

噼里啪啦，

噼里啪啦。

2010.12.30

# 瓶子

从瓶子里面掏出另一个瓶子。
从海里面稀释一些淡而无味
从鱼的身上找一朵玫瑰花
从你的心里面低头向我自己
雪从最高的天空里吹下来。
去草场地的道路漆黑漫长
离开文艺之路艰难险阻
从今天开始，重新书写
这座被过度诠释的城市。
从今天起，不做快乐的闲人。
从今天起，一万五千个塑料瓶
串联起来：“你在里面看到了什么？”

一个接一个的瓶子，众人议论纷纷

细小哀伤事物从何处开端

2011.5.27

# ……是自由

好几次，我都以为是真的；
后来才发现是亮晶晶的合金。
戴在胸前，耳垂上，脑后
沉重而翩然欲坠
丢失了却也不可惜

某种古怪物事诱惑我在黑暗里
蜿蜒前行
告诉我前方就是大光明
冰凉潮润的洞穴
墙壁湿滑可疑
我弯腰走着，走着

走到后来头破血流

洞口却还没有一线光

“解放”牌棉花这一天被好好地弹了开来。

干燥松软，看上去暖而轻柔

“我以为可作眠床。我以为

高枕无忧。”

在最温暖的中心做了一个梦

梦里的人瘦小，犹疑

迫切要逃离虚无的温柔乡。每到这个时候

我就分外不安，想要清醒过来

又骗自己说：再睡一会，就一会。

再醒来已经太迟了：

无穷尽的幻觉向我涌来

到处都是让人目盲的纯白

噪音雪亮

你喜欢我吗？

那古怪的物事发问。

我喜欢你，但我更爱……

……比我离你更近吗？

……被好好地收在恶人的怀中。

雪山之巅。火山地壳深处

玻璃镜框背后，抽屉最内里

偶尔炫示，却从不现身

——那么……是什么？

——说不好。说不上来。

有那么一些瞬间：我认为一切都是真的。

曾发生过者，毋庸置疑。

河水倒流。雷峰塔坍塌

你终会爱我，而真正的情感取之不竭。

有那么一些瞬间。

2011.8.2

# 古怪权

嗨哥们。我瞥见你老低头不语
不禁悲伤起来——像放太久熟烂了的柿子
像一颗黏不叽叽的软心糖
一切恩怨都因这沉默一笔勾销了
譬如说：那个猝不及防的拥抱
那些个无法定性的吻

怎么办我就是那种
容易想太多的人
老以为某些沉默之后清亮的一瞥
是想看透欢乐面具后的小小心肠
而所有突如其来的消失

都其实是说不出口的告白
你不来，以为你伤了心
你来，又打不破这哑谜

眼锋交错旋即分开
是否也是一种无以名状的感情呢

我自以为我对你有了某种权利。
因这义务突然关切起你来。

“总是要在最冻手冻脚的天气，
才漠然地想起你身体的一点暖。
就像欲望尘封的巨型冰块里，
躺着死去已久的小小昆虫。”

2012.2.17

## 下沉

下沉

随日月星辰一起

随过去那些死掉的好时光一起

随腐朽不堪的树木和

那些被雾岚泡过头的叶子们一起

在黑暗的雨水中下沉

下沉

沉入软绵绵湿漉漉腻答答的泥泞里去

滑重

冰凉

春天来了、来了

来了

我的心头像被什么猛地一击

事物在不断下沉

而森林静悄悄的无人可以告知

2012.3.12

# 一位穿吸烟服的女士如是说

## 1

是对于爱的魔怔，此事怎么说呢
她穿着铁灰色的吸烟服大步走入群众中去。
回头看穿蓬蓬纱露背装的年轻女子
嘴角轻扬
她看见一个魔鬼伏在那女子身上
女子最闪亮的眼神追随他人步伐
——不是他，也不过另一个稍好一点的
一定都是众神眼中最不可取者
奥林匹斯山上罚做苦役的叛徒

最低贱，最无知，最肮脏破败的

也比这位鹤群中的鸡要更高级

2

情绪像一道闪电剪破暗色云

不耐的美人在席间啃指甲

她最喜欢的事迟迟不能发生

拖延症发作：要是一天有二十五小时就好了

或者，因这一天过得分外凑合

老天额外再多给一天也成

夜里格外讨好地下起毛毛雨来。沾衣欲湿

春意是吹面不寒

“呵我不喜欢一切让我觉得复杂暧昧的关系

也不喜欢三月欲言又止的气息”

喏，抒情就这么多

一个人默默走回家去

身后一道闪电细小如情绪剪破暗色云

2012.3.16

## 麻辣香锅，人民剧院和电影

当我们再次肩并肩走在空气里。

半饱、微醺、摇晃

气温、晚风和黄昏都颇相宜

我突然明白了一个朋友所谓的病态是什么：

是一种终生不懈对温柔情感的追赶

对于暧昧难明物事的迷恋

是灵魂的不知餍饱

是欲求永不止息的无底洞

当两个陌生人试探着相互靠近

那场景堪称美好：

都笑着，有点紧张，

些许腼腆

佯装漫不经心地提问，说不相干的话，

并把自己的真正兴趣

小心翼翼掩藏起来。

2012.6.2

## 可笑而令人厌倦的

这精巧、繁复而令人厌倦的感情模式
这走来走去找不到出口的迷宫
这道德陷阱；这无聊的
悠长的白日咏叹调。

譬如两个原本毫无干系的人
有一天遇见了。
这就是故事的发轫和开端。

月亮终于升起来了；堂堂地，冷酷地。
一个人捂着胸口踉跄在渣石铺就的小径上
每跌撞几步就吐出一小口秽物来

另一个人跟在身后
既不靠近也不走远。是好猎物与坏猎人
自投罗网于命运之手
如麻雀惊飞一头撞在高速行驶的车辆上
结局霎时注定、无法可想。
中间有无数眷恋、激烈、猜疑和视而不见
漠漠将追求和被追求者隔绝开来。
“他是故意的，没错。”
“不故意也别无他法。”

呵关于爱我们到底所知几多？
“一种让人生病的细菌。一种延时传染病。
一种瘟疫和一种被过分夸大的人类情感。”
但真有人随时因这疫病而死，每年、月、日
每时，刻。分秒。

其实只是想面对面安静地喝一杯酒。

“你好吗？请告诉我你的一生。”

“这样就能至少在死之前真正认出你，

在全世界的人群中，在那些乏味单调如

潮水一般涌来退去的面孔里，

亲爱的。”

但是真见面的时候，我问不出口。

2012.6.9

## 无题四首

1

句子是怯懦者的坚实壁垒
画地为牢。躲避暗处敌人投来的鱼刺
恐惧足以消磨一生

人世最妥帖的归宿不言自明
但谁都尽力在放学路上逗留
一、二、三。跳皮筋
做最无关紧要的事
只为了让所爱者焦急；
最好发狂。

你们当然没有在一起
好多年后才分头纳闷

我们都很能干。善于自我表扬
更拿手的是自我毁灭
这一天与少年时代狭路相逢
彼此无话可说
像两个陌生人一样礼貌地让开道路
擦肩而过

你想：为了这么一个肤浅幼稚的人竟搭上一生
她想：前路竟如此乏味
说不好谁比谁更失望
但各走各的。走下去

2

这个春天比永生更漫长
比末日还单调
老是冷。冷极了

没人夸奖我的诗歌——
自从他们认为我在写小说
正如某个年龄之后
便不再有人对未来抱有期待
却更善于与自己的局限相处
这个世界的可能性
容人勉强侧身
却又不慎跌落桥底。河流
湍急，冰凉
滔滔驶过岸边的垂柳

桃金娘的叶片纤细
倒映在水面如抑郁者的梦乡
所有的鱼儿都睡着了
除了鳍腮在暗涌中微颤
一动不动
像尸体一般随波逐流

我诚然知道我在做多么无意义的事
我知道
每个四月我都以为过不去了
最终也都劫后余生

3

多少文字在偏执狂笔下涌现
恰如新鲜伤口汩汩流出血液
我们的日常生活是活死人墓

只在大事来临前允许放风。那么多喑哑的嗓
同时唱起歌来
这真是壮阔景象。有人大笑
击掌，远去
也有人
拒绝做出任何回应

“你知道的。”
“每到大灾之时，
都必须深切怀疑生存意义。”
这是保留剧目。
即便台下空空荡荡
也应以激烈手势和完美情感
去述说、去反对。即便我们反对的
是秩序缺席
支持的是另一种虚无
那也值得为反对而反对

最终想说的不过一句："请爱我吧！
我正直、善良、富于良知、与众不同
值得一爱。"
这微小野心历经多少次
转世投胎粉墨登场
任何人都意想不到

但另一些
正在发生灾难的地方
事情与诸如道德、国家之类字眼遥远
与天气、运气、郭美美们息息相关
人们愿望单纯
"阖府平安""地久天长"

4

一朝我们的肉体彻底消亡，

精神迷狂还将作为实体存在么。
这是一个问题
不是一次抒情

到处都在提问
可没人认真作答
我们装作听不懂任何他者言语
论沟通之不可抵达。
各人有各人怨怼
假借号哭、玩世、俏皮话以宣泄
成千上万只鸭子不是一起缄默
就是同时聒噪起来

地震、火灾和瘟疫都无法改变的
人类逐利本能及渴望表达天性
政府作为终极恋爱对象
负责解决一切质疑

不屑和设问如春花盛放
穿时装的卡珊德拉太多
智者如蚊蝇营营挡住去路
害我们每个人抵达天堂
都有如骆驼穿过针眼
待无所求的肉身化作粉末
天堂标准则又破格以降
唯死魂灵漫无所依
游荡。游荡

这一夜我完全不希望有人明白我的话
这一夜。反正到处都在起七种震动
开天辟地也不过如此
而尾声遥遥无期。我等不及

2013.4.23

# 无事之夜

1

有时候真想说点什么
在这过分晴朗的
完全无事的
充满蛙鸣与空调滴水声
热气蒸腾的仲夏夜
想了又想
还是对这世界无话可说

## 2

“我希望我的安静是有重量的。”
一个精神病如是说。他清醒的时候
曾无法忍受他人哪怕五分钟的沉默
必须找话题，打破这静寂、无聊
唯恐令人不安的真相渐次显露
后来众所周知他疯了。在医院里
他终于安然享用沉默权
并学会用眼神示意护士：我要喝水了
快，赶快
没人知道他内心有多满意
他和他的安静一起自由落体

3

一粒葡萄溜出盛水果的盘子
静悄悄地无人发觉
脱离秩序的人生是没有意义的
但回到碟中则粉身碎骨。

2013.7.2—8.19

## 你到底在对什么感到失望

“你到底在对什么感到失望？”
“我到底在对什么感到失望，
除了永恒的困穷的自我？”

黄昏
世界短暂地静止了一刻钟
我走进最近的教堂告解
和大多数神父一样他算不得
十分肥胖，大概因为灵魂向善永不知餍饱
但工作一天后神情倦怠。他安静地听我
并暗下断语，“这忏悔
将是所有类型中最不值得关注的一种”。

我忏悔完毕告辞，他没有留我。

“愿你终于获着安宁。”

临出门时他才想起这么一句，聊甚于无地。

十月底了，到处都是路边的黄叶子
在寒风里打着半心半意的旋儿
我捡起其中一片：你好，你的一生所为何事？
它的形状并不完美：五角形不算规整
边缘开始枯焦
还没长得足够大就落在水泥街道上
从此永无回归泥土的
幸运。如果没被经过的路人漠然地踏碎
也会被完整地扫入垃圾车
再运到什么地方烧成灰烬。
我问这样一片叶子：“喂，我到底在对什么感到失望？”
它一言不发地躺在我手心，安然接受了这不必被踏碎
也不必被焚烧的新命运。但我一撒手，

一阵小风就带走了它
一转眼就混迹于地面千百片落叶之中
仿佛从没有离开过——它会失望吗
它到底在对什么感到失望

2013.10.28

## 另一个夜，或其他

她就是非常、非常地擅长失眠
捣毁梦境驱走睡神没人比她更拿手的了
有时候也顺便破坏一点现实生活；
倘若一直没有睡着。倘若

凌晨两点我突然想看看那个病人的脸
她在台灯下的圆镜里表情严肃
同样好奇睡意的去向
八达岭高速的车声如约碾过耳膜——
呵，我永远的缪斯
吟诵对象和挚友。这些时刻我总忍不住猜测车辆
都为何事奔赴他乡

远处可有人人不寐。望穿秋水

欲望在此重新由面、线复归于点
那些迅速移动的分子自身意义被清零
不再不规则布朗运动
茫茫然沿着一条相对直线进发
假设点突然遇上另一点——这邂逅毫不浪漫
分子们何其驯顺而
委顿地遵循物质守恒定律
不再生灭
但远方的人并不知情

无辜中我想起你来；如分子
悄然靠近另一个分子。比起黑夜的车辆及其驾驶者们
我们的自我显然更其庞大、复杂、自成一套可笑体系
试图对抗万有定律。最后当然以失败告终
该离散的始终离散

年老的分子给另一个写信：当年我们曾可能更紧密
但信毋庸置疑地遗失于宇宙，散落的字都吸入黑洞
但写信者并不期待回音。所以没有关系
她自顾自在虚空中迷一小会路
很快便睡着。做个好梦。

2014.2.24

# 十句话

## 1　肉体的迷茫

她胖了许多许多

但身体里还住着那个惊慌的小女孩

## 2　巧合

曾经的他和现在的他不是喜欢同一种乐器

就是喜欢同一类女人

### 3 黑夜

黑暗里藏着人世间最好的秘密
都被梦白白吃掉并消化了

### 4 白天

大白天藏着许多探头探脑的蛆
一不留神就会踩到

### 5 恶毒

他的刻薄毒死了他自己
末了他在棺材里嫌抬的人转弯不够机灵

## 6　爱情

非得相信这玩意儿存在不可么，
老师？

## 7　你

你就是变形金刚加上灰太狼
总之是个男的

## 8　床

床就像一艘大船一样让人晕眩
在上面最好的方式就是随波逐流滚来滚去

## 9　我

我是个热情的……傻子。疯子。神经病

最主要是热情，嗯

## 10　沟通

该怎么告诉另一个人我想让他还钱呢？

或者我完全不喜欢他的鼻子。

2014.2.24

## 这一日又过去

十二点零一分。这一日又过去
用两个半小时在路上奔波
杨柳吐絮的几日持续升温
我们都习惯在钢筋水泥里隔岸观火
以门窗、轻微过敏和冷漠自保
以喷嚏、皱眉和防尘口罩
以受教育者的冰凉自制
和城市管理员共同扼杀这古典浪漫
这热病。这整个四月最错误的柔情

白天用来上网，喝茶，浇办公室的花

处理稿件。和女友聊起人生困境
种种虚妄，求不得
下班待到天黑，写完无人问津的专栏
临睡前看完五篇杂志小说
总体说来一无所获
除了暗中练习刻薄
这么多无意义的字、词、句排列组合
为什么还要写呢包括自己

其实我只是该睡了
这空虚而漫漫的
一日

如此这般我使用了十五个小时
其余八小时即将交付睡眠
醒来便是新的一天

但总有些细碎光阴未能计算在内

那是我在呵欠。走路。削一个苹果。

突然间想起你来

2014.4.9

## 玻璃和马口铁之诗

它没有什么更好的办法

非得住在罐头里

罐头外除了空洞的口号与自由

还有想吃掉它的一张张嘴

“蜜汁里浸泡的人生才是永保无虞的”

乌拉！防腐剂万岁

其实它真心想说的

是“我爱玻璃和马口铁”

它们合伙禁锢它，不

保护它的思想不容易走到危险之地去

同时又亮晶晶透心凉

让它看得到外面世界同伴灵魂

被粗暴开启的风险
它们先于它被食用，被消化，
当然，也更早归零
因此它将永不希望革命的一天到来
“就让我烂死在甜腻腻的小世界里，
侬不要管。”

2014.9.25

# 河马史诗

2003—2008

## 急就章

十一月八日是一个不值得纪念的日子
我说。面对一些肢体残缺的天使
对于我而言她们从来都很美
即使在福利院那种光线惨淡的地方
仍然很美
奇异之美
当那些。那些瘦的　发黄的　沉默的脸孔
看到我的那一刻突然熠熠生辉

虽然如此。但是仍然不值得纪念
不能纪念我们相见的天字第十三次。在这样一个
这样一个乏善可陈的秋天，有人生病

有人将要离开

生命凸现着某种残缺。像一个破碗
半盏清水
盛着日子的花
阿姐你开着花。小日你开着花。江女你开着花。
车祸后高位截瘫的　漂亮的惠玉你自然也开着花
在某处发黄破损的墙角。苍白的日光灯下念头简单
吃　穿　睡觉
翻破所有的过期杂志
等我们来。整日整日听一个小小的旧收音机
咿咿呀呀传来外面你们所有幸不知的欲望和幻觉。你们笑着
几乎不哭
而我们哭。我们这些四肢健全
受过高等教育

机会众多的人天天在哭

为什么哭

2003.11.8

## 河马史诗

我心爱的杯子是靛蓝色的。当它装满了水的时候
水也轻微发蓝
在里面可以映出矢车菊一样颜色的倒影　还有真实的渴
大口饮干。像一只河马
这河马有时在哭
眼泪涟涟滴滴答答落在杯中央

而我心爱的
心爱的人是一朵向日葵

在阳光里面河马喝干杯子里发蓝的水　向日葵喝干花瓶里透明的水

阳光喝干向日葵身体内灼热暧昧的水　命运在明亮中蜿蜒成长长的河水

不知道为什么我很渴。前路没有交集而雨后的新叶自顾自地发芽

披着褴褛的衣衫　带着陈旧的痕迹

不动声色。发芽

发芽

那是爱情呀爱情它自己生长由不得我说话。我张开嘴巴

却说不出话　在黑暗和炎热里无限干涸

全世界最蓝的杯子就在身边。我紧握着它光滑的把手

但是里面很空。我感到绝望

又不耐烦

2003.11.8

## 关于隐喻的断章

据说写诗需要个人化。精巧
和绵延不绝的隐喻
树一个意向的靶子比如说朗　风　霁　月
但是我其实不明白
我只是在午夜里才突然写　写　写
只在午夜里才突然打开电脑。睡不着所以用力折磨神经
撕下白天愉快的面具开始露出牙
说
我有牙

午夜的墙头站了一只猫　蹑手蹑脚走过睡乡和一地碎玻璃碴
我不喜欢黑猫

但是我不停地梦见它　命运之书如同沙砾杯水
又讽刺。又长
但是我仍然在梦里寻找隐喻，属于我个人的
精致小巧摆设物件
文字里的江南女子全部云鬓如漆　知书达礼
宜室宜家
清晨我随着大宋一个叫作朝云的美人一同醒来。就是说
如梦幻泡影如露亦如电的那个。她裙裾很长，头发很黑
衣裳很薄
我当然没有她美丽
所以我愉快地嫉妒着
小小地发着愁

然后我又睡着
这一次我看见自己的身体高高地坐在一棵叫作乌桕的树上
就是日暮伯劳飞，大风吹乌桕的那个乌桕
这一次不是栀子花或者桂花

那树在夕阳里噼里啪啦落着大如手掌的树叶　声音沮丧
活像一个咳嗽的老人
在树上我突然想起来了。在
1997年的春天我开始写第一首诗
因为开始爱的缘故
五年之后我的诗仍然尘封。和我的爱一起
陈旧温暖。并发黄

带着旧日的记忆醒来。桂花酒与杏子红
有一个朋友在国外央我寄一些廉价的烟
她也失眠　镇日胡思乱想
对大麻上瘾
时常怀念同居岁月，和那只业已走失的猫
模糊的关于年少的隐喻就是如此
支离破碎
又很乖。随时想起
就随时拼凑起来

2003.11.8

# 月光光光光吃糖糖糖糖

那个女孩。那个女孩子。她半夜坐在姑且属于她的某个灰蓝窗牖下仰面看月亮，盈盈满月正抵着院子里细细发黑的树梢。前后廿一年。她仰望再仰望，整整看了这许多年盈满复亏。忽然之间她发现她其实并不认识这发冷发亮的白石头。没有具体构造，也形容不好尺寸盈方。正如她不认识她自己萎谢在那千人一面中的无可名状的，咻咻的，小的心。

## 其一

我拖长了声音叫祖母祖母
是否祖母就是一块小小的透明的绿石头
远远近近悬在乡间

有一些梦被切碎在襁褓里

另一些被什么粗暴地踏在脚下

正绝望地清脆地裂开

汁水四溅

远方有个小城曾下过一场雪。雪地里坐着一个八岁的小孩。小孩

手里紧紧攥着一块叫作祖母绿的石头

又硬又尖

直硌她的手心

而祖母已经在几天前离开

带走了多年以来的一切吵闹　不耐烦　中风

和每个夏天喝也喝不完的冰镇酸梅汤

她手背向下双目紧合　安静地躺在玻璃中央。那雪地很凉

夜里静静发着蓝光

数年以后那小孩想起那一晚仍然觉得月色很凉。又突然

记起左边墙角。还有来不及掩埋的一小丛

枯萎的雏菊花

**其二**

有一个小孩和她的糖果罐一起坐在湖边。天上有一些云
一些云。那些云怀着破碎的摇摆的心事倏忽散聚
像人和事一样匆匆忙忙。我在原处画地为牢等你
等了很多年
一边吃那些你给我的那些过期的糖，一边
将双足悄悄伸入湖中。
你知道。你知道
十一月的湖水很凉而四周长满暧昧昏沉的苔藓又名地衣
（当地都穿上新衣）
那种潮湿发黑的暗绿直让我心里发慌
这么多年。
这么多年你还没来而我早已手足冰凉
我的黑发已经比湖底摇曳的水草还长而我的面庞

我面庞在发灰下沉。八点钟之后新的一轮太阳将出来而我是否该

弃城而去

去往何方

这么多年这么多年见不得光的黑洞将如何填平

我吃着糖。我吃着糖光着脚看着远方的云发呆

一粒糖

两粒糖

三粒糖

2003.11.8

## 叠，叠被子

对镜子严肃端详我的欲望　一面
暗自庆幸一切还算滴水不漏
对。不说
不能说
被迫认错的小孩总是抽抽搭搭
而我不哭，不哭。

我只是徒然冷静地向你伸着手

疲倦像风一样不留情面地吹过我枯叶般缺乏水分而
响亮干脆的身体。还有心
目光穿透你而装作若有所思。我说我能够看透你

一面心虚地抱着膝，坐在角落
沉默不语
严冬在敲着门而门将随时洞开，我看见四面八方的风
正交头接耳而来
而你所带来的那些暖正慢慢慢慢
自己走开
我于是缩回了我的手在冷空气里。我于是扔掉镜子
用力压平欲望
小心叠好；像对付一张过冬的被子一样
收拾稳妥

2003.11.23

# 在黑暗底部我看见幻觉的蓝

在黑暗底部我看见幻觉的蓝
比爱琴海更蓝
这样我料知你的渴
比撒哈拉尤甚
——这煽情开场白横竖像是中了毒
全不像我

文艺片盛大开幕
——什么，欲与念盛大开幕
热带的女人赤足逶迤而来
头顶瓦罐离开
——啊啊，她们当真丰满已极

动荡随时随地发生
——是否因为高高在上的缘故
孩子还放入一小把
干枯百合。象征肉体之丰腴之凋零之萎谢
——不不，该是爱欲之荒谬之幻灭之虚无
当然你全都知道。
这世界原本就像一个大肚细颈瓦罐
三分之一水
三分之一闷声不响
三分之一晃晃荡荡
——这大抵是真的，
连我
我都无话可说

一切倾诉最终都是幻觉
——据说
这样人群都散场了我还留在座位上发呆

——和那三流情节毫不相干

我踩在一地果皮和瓜子壳上，想起你

——不是爱。只是某种微妙古怪情绪

2004.5

## 摧毁吧，他说

梦里我在大风中一路狂奔，空旷的荒地里，风吹掉了我白色的围巾和帽子，进入集市后又一连撞到了好几个人，踩了一地泥淖里的烂苹果和菜叶。周围的人们发出锐叫声，我停不下来，满脸都是结了冰的眼泪。我停不下来。

摧毁吧，他说

房间里一个脸色发青的病人

手里举着苹果请我

吃，吃

我怀疑那有毒

便摇了摇头

飞快地跑开

身后跟着一只三条腿的瘸猫

秋天的叶子噼里啪啦砸在我心上

我跑着；跑着。

2004.11.30

# 海啸

## 其一：游戏

2004年末尾以一场海啸收梢
无数人纷纷成全惊人的数字。壮阔的死。
于是我想起我二十二岁这一年
一场三角博弈
厮杀得也近于轰烈
几近完美的游戏呵；
都来猜拳吧！看布撕裂剪刀
剪刀干掉拳头
石头又吃掉布

**其二：开花**

暴烈凶猛的花朵
只开放在海水正中央
扭动着海妖手臂一样的枝叶
一层一层不断凋零的花瓣
漂浮着。喘息着。起伏不定

**其三：睡**

深夜里沉睡不醒的你们
终于停止表达
那些把我逼疯的爱
像狼
穷追在荒野里。噩梦支离破碎
我躺在一旁

看天花板簌簌落下一阵寂寞

又一阵

尘灰呛鼻。

费力咽下自己的绝望

暗夜里。我睁大眼睛

2005.1.6

# 浮生二梦

1

我打电话诉说道：昨天我又做噩梦了。
这次我梦见自己坐上一辆破旧的大巴
晃晃荡荡行驶在泥泞的乡间
天色已晚，朴素的田野
承载起渐渐迫近的黄昏
我还梦见
一只美丽的白色大鸟扑簌着翅膀
突然降落前方
我眼睁睁见它消失在轮底
一群人下车了

手忙脚乱。等我下车时一切都被藏得那样好

那样好

这样我伤心地哭着离开了那辆车

还有那群面目模糊的人

我躲在一个废园里：有一点像乡下的旧居

一盏昏黄的眨眼睛的灯

明灭着悲伤

我不停地抹眼泪

那一瞬间　我的身子又变得小起来

小得可以藏在草丛里

小得可以钻在树洞里

2

在前一天我曾梦见许多死亡。

一阵凌乱的枪响；骚动旋即归于宁静

（属于恺撒的归于恺撒，

属于耶稣的归于耶稣）

我疲倦地坐在沙发上，旁边都是横七竖八的死人

并一心在想

如何把他们运去乡间

稳妥地藏起来

在梦里我变成一个和平素完全不同

镇定冷淡的女人

我想

扔在荒郊野外怎样

还是干脆放一把火

烧个精光

醒时我已经忘记那些尸骸的来龙去脉了

（那些如回忆一般让人厌烦的尸骸

生不带来

死不带去）

我只记得我手不发抖

也没有一点哭的意思

临走时还瞥了一眼房间镜子

脸色发青

活像一个真正的凶手

2005.4

## 骊歌

离开是一种姿态。长久以来我一直在离开，离开熟悉的南方，离开习惯的物事，以及习惯本身。离开爱我的，并且我尚爱的人。在静谧如死，寂寞得让人发疯的夜路上愈行愈远，前方漫无止境的黑直接通向地狱本身。只是究竟为什么要坚持这样一种离开的姿态，为什么一定要扼杀所有已知的幸福，我并不了解。唯一了解并不得不为之的，只有不断毁灭与遗忘。

* * *

以最易化齑粉的沙砾铸基石

以宣纸立墙

以天置顶

以梦为马，为牛，为床

铺青石地面

设桌，椅，凳，镜，台

为烛照，通门窗，进出氧气

以心先士卒，出将，入相

始称君王

以黑暗为舞台，为化妆师，为幕布

徐徐拉开

展览一座空城

* * *

四月二十二日晚发给自己的短信：

一个人究竟要如何剥皮拆骨，血肉模糊，才能够忘记另一个人。

2006.4.24

# 第二天八点半起床

在八点半起床之前
就想好今晚要洗头
睡前继续看《枕草子》。记得抹一点
薄荷唇膏。冰凉暄软，把脚伸进
早开好电热毯的被窝。这样想着
就忘了离开床。
（什么时候离开呢？
一个声音在问。）
抽身而退抽身，而退，
退
我不知自己在等待
也不知道等待什么

下班后再回到宿舍。冰凉的

铁暖气片。揭开床帘

铺好被子。插上电源

一切照旧

（推倒。）

从头再来

（砌牌。）

第二天八点半起床

第三天下班后回来

2008.2.20

## 肖邦，C小调夜曲

怎么调大音量都没有用
骨子里就太温柔了
这调子又细又软
像北欧少女纤细的发
应该是最美的沙金色
低垂于耳畔，带着一绺绺
精致的小卷。
并不过分华丽
却流于缠绵悱恻
甚至比悲伤练习曲
更容易教人忧郁。
你来了……又走了

我们刚好失之交臂。
在黑夜里
彼此都看不清楚面目。
隐约感觉你叹了口气
就走了。

悲伤练习曲一开头
则显得那么生涩
一段不动声色的努力
滑过去，滑过去……
声音渐趋圆润流丽
呼吸也急促起来
像一个人喉头发紧的哽咽
终至于恸哭失声
悲伤就是这样练习出来的么？
调子慢慢平稳下来：

那个人哭累了。要休息了
只是偶然间，
才短促地凝噎一下

到了幻想即兴曲。
因为某个缘故……
我们都对它很熟悉
多么流利、欢畅的曲音……
几乎称得上是欢乐的。
但有时它也显得缓慢忧伤
那是因为，所有的幻想，
到最后总会和让人疲倦的现实
重叠。
只有奋力一跃，
才能暂时忘记。
乐音持续往上升，上升

常人无法理解也不能
完成的。无穷尽地向上
紧接着，重重跌落下来。

2008.5.30

图书在版编目 (CIP) 数据

鲸鱼破冰 / 文珍著. — 北京 : 北京十月文艺出版社，2019.11

ISBN 978-7-5302-1987-4

Ⅰ. ①鲸… Ⅱ. ①文… Ⅲ. ①诗集—中国—当代 Ⅳ. ①I227

中国版本图书馆 CIP 数据核字 (2019) 第 171744 号

鲸鱼破冰

JINGYU POBING

文珍 著

出　版　北京出版集团公司
　　　　北京十月文艺出版社
地　址　北京北三环中路 6 号
邮　编　100120
网　址　www.bph.com.cn
发　行　新经典发行有限公司
　　　　电话（010）68423599
经　销　新华书店
印　刷　北京盛通印刷股份有限公司
版　次　2019 年 11 月第 1 版
　　　　2019 年 11 月第 1 次印刷
开　本　787 毫米 ×1092 毫米 1/32
印　张　7
字　数　103 千字
书　号　ISBN 978-7-5302-1987-4
定　价　36.00 元
质量监督电话　010-58572393
如有印装质量问题，由本社负责调换。